戯曲

背教者

成澤昭徳
NARISAWA Akinori

文芸社

まえがき

私は一九六〇年（十八歳）から一九七〇年（二十八歳）という、まさに60年の安保闘争に始まる、あの「政治の季節」と言われ、戦後においても特異な十年間を、青春の真っ只中に体験してきた世代です。

あれから早くも六十年という歳月が過ぎてしまいました。私も八十歳近い年齢になり、そろそろ身辺整理をと思い立ち、古い戸棚の中などを点検していたところ、色あせた茶封筒の中から一束《ひとたば》の原稿が現れたのでした。何気なく拾い読みしたところ、まぎれもない、あの時代の熱気が行間から立ち昇ってきたのです。

私は、私自身の青春と同時に、あの時代を共に生きた記念として、これは残しておきたい、と思いました。

つたない作品ではありますが、手に取っていただき、ひとときのなぐさみにでもなれば幸いです。

題材を「島原の乱」としたのは、丁度あの頃に刊行された、堀田善衛の『海鳴りの底から』という小説に出合ったからです。人物のインスピレーションを、この小説から得ました。
ということで、本書には、江戸時代と60年代と、そして作品が刊行される現代（奇《く》しくもコロナ騒動で揺れ動く）と、三つの時代が重層化しているのです。

作品の刊行にあたっては、文芸社の皆様に一方ならぬご理解とご支援をいただきました。謹んでお礼を申しあげます。

二〇二〇年夏至

〈戯曲について〉

【場所】

原城内

【時】

寛永十五年、島原の乱（一六三八年二月）

【登場人物】

天草《あまくさ》　四郎《しろう》（益田時貞《ますだときさだ》。若き総大将）

益田《ますだ》　甚兵衛《じんべえ》（四郎の父。指導者）

芦塚《あしづか》　忠兵衛《ちゅうべえ》（指導者）
大江《おおえ》　源右衛門《げんえもん》（指導者）
山《やま》　善左衛門《ぜんざえもん》（指導者）
山田《やまだ》　右衛門作《えもさく》（絵師）
お菊《きく》（右衛門作の娘）
倉八《くらはち》　十太夫《じゅうだゆう》（浪人）
くめ（十太夫の女）
ベルナルド（虚無僧。四郎の従者）
皆吉《みなよし》　長右衛門《ちょうえもん》（長老）
お園《その》（老婆）
懸針《さげはり》　金作《きんさく》（猟師）
熊皮《くまかわ》　総兵衛《そうべえ》（猟師）
狂女
農民1〜8

第一幕

第一場　原城・出丸

農民1　わしらは人間でありたいんじゃ。松倉の役人衆に、犬畜生のようにこき使われるのはもうごめんじゃい。

農民2　そうよ。役人衆は年貢を取りたてることしか知らん。

農民3　百姓を何だと思っとるんかの。

農民4　松倉は、わしらを人間として扱ってはおらん。牛馬同様の扱いじゃ。

農民5　いや、牛馬としても扱ってはおらん。働かせるだけ働かせ、取れるだけ取り、搾れるだけ搾って、そうしてわしらに残っておるもんは何じゃ。

農民6　飢えだけじゃ。
農民7　松倉には、一滴の情もなかとじゃ。
農民8　松倉には、血も涙もなか。けだものじゃ。化《ば》け物《もの》じゃ。
農民1　血も涙もないもんじゃから、わしらからごっそり一滴残らず吸い取るんじゃ。
農民2　わしらは松倉の餌じゃ。餌食《えじき》じゃ。
農民3　百姓は役人衆の腹を肥やすだけで、わしらは年中飢えてなければならん。そんな掟はどこにもなか。
農民4　そのうえ、キリシタンまで禁じるとはの。
農民5　なんぼなんでも、これではひどか。
農民6　役人は自分らに都合のよいことしか考えておらん。わしらのことはこれっぽっちも考えておらん。自分の腹を肥やし、自分を守ることしか考えておらん。
農民7　わしらを飢えさせるだけ飢えさせて、その飢えから、わしらがキリシタンを求めれば、信仰さえも取り上げようとする。
農民8　松倉は、わしらに何を求めておるんじゃ。百姓はお上《かみ》の思いどおりにならねばいかん、と。

《天草四郎　登場》

四郎　百姓は人間にあらず。それ故、汝らは日々、飢え、渇いていなければならぬ。
農民一同　おっ、四郎様……四郎様じゃ……それに益田様も……芦塚様もじゃ……。
芦塚　皆の衆、精が出ますのう。
農民たち　芦塚様、これからはどうなるのでございましょうか。
芦塚　どうなるも、こうなるもありません。かくなったからには戦うだけです。
益田　われらは皆、苦しんできた。いや、苦しめられてきた。それは誰一人、知らぬ者はない。皆の衆一人一人がその証である。われらはこの苦しみを一人で背負うことはできなかった。われらをおそってきた苦しみは、それほど大きかった。すでに多くの犠牲者を出した。今、われらは同じ苦しみの下《もと》に、ひとつに結び付いた。それはわれらにおそってくる、一人では耐えることのできない苦しみを、共に背負うことである。

芦塚　皆の衆、われらは皆兄弟じゃ。われらは皆、同じ十字架を背負っておる。この先、どんな苦しみがこようと、心をひとつに対処しようではないか。

四郎　皆さん、わたしたちはいつどんな時にも、イエス様を信じていましょう。祈りを忘れないようにしましょう。信仰は死よりも強いのです。

芦塚　そうして信仰は飢えよりも、権力よりも強いのですぞ。われらの心は金子《きんす》、銀子《す》にまさり、身体《からだ》は衣にまさる尊いものですぞ。イエスはこの世の驕《おご》りよりも、生命《いのち》の尊さをさとしておられる。

益田　これから後《のち》、われらは信仰の自由のために、死に至るまで戦わなければならぬ。正義はわれらの側にある。勝利は必ず正義のうえに微笑むであろう。

四郎　皆さん、わたしたちの最後の勝利を信じましょう。

《一同　退場》

《金作・総兵衛　登場》

金作　四郎様たちはあんなこと言うとるが、わしは勝てるとは思わんがの。どのみち全滅じゃ。なにしろ国が敵じゃからの。お前はどう思う。

総兵衛　当たり前じゃ。誰が本気でそんなこと信じとるもんか。負け戦《いくさ》よ。負け戦と知っての戦じゃい。あれは気休めじゃ。お前にはわからんか。負け戦を初めから敗《ま》けると言ってしまっては元も子もなか。それでは戦が始まらんわい。あれはけしかけじゃ。四郎様たちの作戦じゃい。

金作　お前、なかなか頭がよいのう。四郎様と通じているのと違うか。

総兵衛　そうじゃないわい。わしは猟師だ。腕には自信がある。殺しにはなれとる。百姓とはわけが違う。だから単純なけしかけには乗らん。余計な情など入れると、かえって腕がにぶる。猟と同じように、相手の出方を読みとらねばいかんのじゃ。お前のくされ玉のように、死んだ獲物を狙うのとは勝手が違うぞ。

金作　こいつ、ぬかしおったの。言わせておけばいい気になって。

総兵衛　戦ちゅうもんは、勝った方がすべてなんじゃ。殺すか殺されるか、食うか食われるか。どっちかじゃ。戦に必要なもんは頭《カン》と技量と力、それだけじゃ。正義の旗では、敵の弾はよけられんわい。弾を防ぐには鎧でなきゃいかんのじゃ。

金作　ようし、それならばどれだけ獲物を仕留めるか、ひとつお前と腕くらべしようかの。戦は口先じゃない。実力じゃ。

第二場　本丸前の庭

山田右衛門作が一人、思いに耽っている。

山田　こんな一揆など起こして、この先どうしようというのか。どんなあてがあるのだ。何があるというのか。何もありはしない。国を転覆しようというのか。この勢力で。四万に満たない、女子供、百姓の力でか。まるで、笑い草だ。いい気なものだ。追いつめられた者たちの、死に物狂いのもがきにすぎない。彼らの、あの顔つきを見ればわかる。彼らにとって確かなことは全滅ということだけだ。
そんな状態で、わたしの家族を人質《ひとじち》に取り、わたしまでも巻き込むとは。えてして、底なし沼に落とされた者たちは、自分だけではいられなくなり、他人の足にしがみついて、引きずり込もうとするのだ。とにかく、わたしは彼らの仲間になり、巻き込まれるのはごめんだ。わたしはわたしなりに、しなければならない仕事があるのだ。

《大江源右衛門・山善左衛門　登場》

大江　おう、右衛門作殿、ここにおられたか。おぬしをさがしていたのじゃ。芦塚殿が、おぬしにご用がおありじゃ。本丸まで来てくだされ。おぬしもご苦労じゃな。気の進まぬ者を、慣れぬ戦《いくさ》に連れ出して。悪く思わんでくれよ。この一揆には、おぬしの人徳がぜひ必要なのじゃ。ご覧なされ。あそこに、あそこに、あそこにも。おぬしの描かれた旗が翻っておる。なんと美しいではないか。今日は日本晴れじゃ。青空に映えて、まぶしいくらいにきれいじゃのう。

山　右衛門作殿の旗のおかげで、士気も上がるというものじゃ。おぬしの旗で、原城は飾られておる。

山田　しかし戦のおかげで、その旗も、もう描けなくなりました。そしてこれから後も旗を描くということはもうないでしょう。

大江　いや、わしらはわしらの旗を、この国の大地に永久に飾り立てるために戦っておる。

山田　旗を飾り立てるということと、旗を描くということとは違います。旗を描くということは、常に新しいわたしの行いです。

山　右衛門作殿は、わしらの戦いに悲観的でござるな。

山田　わたしには不思議なのです。あなた方が、なぜそんなに落ち着いていられるのか。

山　右衛門作殿は相変わらず懐疑的じゃの。

大江　右衛門作殿、今はそのような論議に、時を費やしている場合ではなかろう。戦はもう始まっておる。

山田　それ、その戦に、どんな未来《さき》があります。

山　しかし右衛門作殿、わしらが一揆に立たなかった場合のことを考えてみられよ。

それこそ犬死にではなかろうか。お上《かみ》の思いのままに、何の抵抗もできずに、なぶり殺されていくだけじゃ。おぬしはそれでよいというのか。もちろんわしらだって、このように一揆に立ち上がっても、百姓・子供の力で、松倉に勝つとは思わぬ。しかし少なくとも、戦うことはできるのじゃ。それがひと月か、ふた月かはわからぬ。だが何の抵抗もできずに、大勢の者に寄ってたかって、犬のようになぶり殺されるということはもうない。

大江　そうじゃ。勝つか敗けるかは二の次じゃ。わしらの目的は弱い者でも力を合わせれば、お上《かみ》と戦うことができるということを、松倉に示すことじゃ。

山　わしらはこの思いを、国のすみずみまで行き渡らせなければならぬ。

大江　勝ち目がないからといって、諦め、手をこまねき、眺めてばかりいたのでは、物事は少しも進まぬ。わしらはまず、第一歩を踏み出すのじゃ。

山　わしらはこの大仕事を、わしらで始めて、わしらで完成しようとは思わぬ。しかしわしらの働きは、少なくとも全体の一歩でありたい。わしらの歩みの後に、きっとまた誰かが歩んでくれるだろう。それでよいのじゃ。

《お園　登場》

お園　わしらが生きておるのは何のためかの。伊達や酔狂で、遊び半分、面白半分に生きているのとはわけが違うんじゃ。百姓は必死で生きておるんじゃ。よいかの。その日その日を命がけで生きておるんじゃ。食うものも食えず、飢え渇いても、それでも生きたいと願っておるんじゃ。おぬしには、百姓のこの気持ちがわからんかの。わしらはな、今日死ぬか、明日死ぬか、そんな切羽《せっぱ》詰まった気持ちで生きておるんじゃぞ。わしらの血と汗を無駄なものだと言うのかの。わしらの生きることを、虫けらかなんぞのように、踏みにじろうというのかの。

大江　まあまあ、お園殿。右衛門作殿は右衛門作殿で、また考えがあってのことじゃろう。

山　右衛門作殿は、わしらと違って絵師じゃからの。わしらや百姓の気持ちはわからんかもしれんの。

お園　何を言うとるのか。絵師だからこそ、わしらの気持ちがわからなければいかんのじゃ。絵師はな、人の気持ちを底の底まで見とおしてなきゃできん。

山田　なるほど。お園殿はなかなか絵に詳しいようですな。絵にご理解がおありかな。しかし、絵師が民衆の気持ちをわかっても、民衆は絵師の気持ちをなかなかわかってはくれないものです。本当の絵師は民衆に先んじる予言者なのです。

お園　それじゃ、おぬしが予言者だと言うのかの。

山田　いや、そのようには言っておりません。

お園　しかし、そのように聞こえるのじゃ。おぬしの口から出るとな。

山田　わたしの言葉をどのようにお取りになろうと、それはお園殿の勝手です。

お園　わしにおぬしを予言者だと思わせてよいのかの。

山田　なぜです。

お園　わしはおぬしを殺すまでじゃ。おぬしはわしに殺されてもよい口実を与えたことになるのじゃぞ。

山田　もうこんな空しい議論はやめましょう。わたしらが何と言ったところで、わたしらにかかわりなく、時の流れは進むべき方向に進んでいくのです。

お園　しかしおぬしを殺すことは、流れの中の一人を除くことになるのじゃ。

山田　人は誰でも、なんらかの態度を決めなければなりません。わたしはわたしの態度を決めたまでです。

お園　そうか、おぬしはまだ信じられずにいるのだな。神がいるかいないかなど、詮索するのは無意味なことなのじゃ。信じることじゃ。信じようとする心じゃ。

第三場　本丸の一室

四郎とベルナルドが向き合っている。

ベルナルド　四郎様、右衛門作殿を矢文の役目などにつかせてよろしいのでしょうか？

四郎　心配いたすな。父上や忠兵衛殿が決めたこと。お考えあってのことだろう。

ベルナルド　しかし、なにか危険な気もいたしますが。

四郎　とりこし苦労だよ、ベルナルド殿。人は疑い始めたらきりがない。特にこのような戦《いくさ》の場合には。味方同士で疑い合っていることは不利です。そのことも考えて、右衛門作殿を矢文の役目につかせたのでしょう。

ベルナルド　それならば……うまくいってくれるとよいのですが。わたしの疑いが、単なる危惧に終わってくれるとよいのですが。

郵便はがき

料金受取人払郵便

新宿局承認

1409

差出有効期間
2021年6月
30日まで
（切手不要）

1 6 0-8 7 9 1

141

東京都新宿区新宿1－10－1

（株）文芸社

愛読者カード係 行

ふりがな お名前		明治 大正 昭和 平成 年生
ふりがな ご住所	□□□-□□□□	性別 男・女
お電話 番 号	（書籍ご注文の際に必要です）	ご職業
E-mail		
ご購読雑誌（複数可）		ご購読新聞 新聞

最近読んでおもしろかった本や今後、とりあげてほしいテーマをお教えください。

ご自分の研究成果や経験、お考え等を出版してみたいというお気持ちはありますか。

ある　ない　内容・テーマ（　　　　）

現在完成した作品をお持ちですか。

ある　ない　ジャンル・原稿量（　　　　）

名				
上 店	都道 府県	市区 郡	書店名	書店
			ご購入日	年　　月　　日

書をどこでお知りになりましたか?

.書店店頭　2.知人にすすめられて　3.インターネット(サイト名　　　　　　)

.DMハガキ　5.広告、記事を見て(新聞、雑誌名　　　　　　)

の質問に関連して、ご購入の決め手となったのは?

.タイトル　2.著者　3.内容　4.カバーデザイン　5.帯

その他ご自由にお書きください。

(　　　　　　)

書についてのご意見、ご感想をお聞かせください。

内容について

カバー、タイトル、帯について

弊社Webサイトからもご意見、ご感想をお寄せいただけます。

協力ありがとうございました。

お寄せいただいたご意見、ご感想は新聞広告等で匿名にて使わせていただくことがあります。

お客様の個人情報は、小社からの連絡のみに使用します。社外に提供することは一切ありません。

書籍のご注文は、お近くの書店または、ブックサービス(0120-29-9625)、セブンネットショッピング(http://7net.omni7.jp/)にお申し込み下さい。

四郎　うん、そうなるだろうよ、きっと。わたしは右衛門作殿を信じているよ。
ベルナルド　四郎様がそのようなお気持ちでおられるならば、わたしはこれ以上何も申しません。わたしは四郎様を信じておりますから、右衛門作殿も信じましょう。
四郎　人を疑うことは醜い。しかし、人を疑わなければわたしたちは生きていけない。悲しい世の中だね。
ベルナルド　人を信じ、愛することが、なぜわたしたちの苦しみの元にならねばならないのでしょうか。神が間違っているのでしょうか。わたしたちの信仰がたりないのでしょうか。
四郎　わたしたちが神を忘れている時でも、神はわたしたちを忘れてはいない。
ベルナルド　イエス様は、わたしたちの罪の償《つぐな》いのために十字架に架けられた。

《倉八十太夫　登場》

十太夫　神は死んだのだ。キリストは生き返りはしなかった。磔《はりつけ》にされて、そのままだ。犬死によ。キリストは所詮人間でしかなかった。それを神様などと祀《まつ》り上げているのは、腹黒い奴が権力を得るために利用しているだけだ。

ベルナルド　おぬしは十太夫殿か。

十太夫　そうよ、倉八十太夫だ。（四郎に向かって）陰謀団の大将殿。

ベルナルド　なにっ！

十太夫　おっと、そう怒りなさんな。ちょっとからかってみたまでよ。しかし、へたな芝居はやらぬにこしたことはない。

ベルナルド　芝居？　芝居とは……。

十太夫　そのとおり。まさかおぬしら本気ではあるまい。百姓たちを欺き、あやつるための芝居であろう。目的はもっと他のところにあるのであろう。それにしても、へたな戦を起こしたものだがが。

ベルナルド　しかし、われらの信仰が本気だとしたら。

十太夫　本気……。そんなことはあるまい。信じられん。

四郎　いえ、それは本当なのです。十太夫殿、あなたが信じられなくても、わたしたちは信じているのです。

十太夫　ほう、おぬしらがのう。どことも知れぬ異国の、訳もわからぬクソ坊主をの。して、何かご利益がおありかな。しかし、百姓ならばいざ知らず、おぬしらまでが本気で信じているとはの。わしは、ものの道理をよくわきまえた者は、ああいうものには惑わされぬと思っていたが。

ベルナルド　ものの道理をわきまえているからこそ、信じるのです。

十太夫　おぬしら吉利支丹《キリシタン》などとは、異人の教えで、ただもの珍しいからではないのかの。おそらく一時の気紛れですぐ飽きてしまおう。

ベルナルド　われらの信仰は、そのようにか弱く、はかないものではない。

十太夫　ほう。おぬしら無邪気じゃの。しかし、そういうことは、どう考えても無理であろう。そういう奇蹟は起こりはせぬ。万が一にも起こる気配のない、そんな奇蹟に命を懸けているとはの。馬鹿をみるだけじゃ。

ベルナルド　いや、われらは決して後悔はいたさぬ。最早覚悟はできております。

24

十太夫

人生は楽しむものじゃ。こむずかしい掟などありはせん。己に納得のゆくだけ、遊び、たわむれれば、それでよいのじゃ。人生には何の秘密も隠れてはおらん。悪い頭で人生を詮索などしようとするから、一層こんがらかるばかりなのじゃ。

死後のことを思いわずらったり、死後に無益な望みをつながぬ方がよろしいぞ。およそ叶わぬことじゃ。己の力の及ぶ範囲で、身の丈に合った生き方をすることじゃ。そうしないと、必ず失敗するからの。

第二幕

第一場　右衛門作の部屋

右衛門作と十太夫が向き合っている。

十太夫　右衛門作殿、わしはおぬしの秘密を知っておるぞ。
山田　秘密……。
十太夫　隠されても無駄じゃ。ほれ、おぬし顔色が変わったな。身に覚えがあろう。
山田　なんと言われる。わしには覚えのないことじゃ。
十太夫　そんなことはあるまい。よく自分の胸に手を当ててみられよ。しかし事は荒立てぬ方がよろしかろう、おぬしのためにの。おぬしがいくら白《しら》を切っても、わしはもう知っておるのじゃ。が、安心せられい。おぬしの秘密を知っているのは、わしだけじゃ。だからおぬしの返答しだいで、この秘密をわし一人のものとして、黙っておいてもよいのだぞ。

山田　それはどういうことなのか……。

十太夫　つまり、おぬしは密告者……。

山田　なに！

十太夫　そう驚きなさるな。知っておるのじゃ。だから、わしは相談しようと言っておるのじゃ。おぬしと取り引きをな。

山田　取り引き……。

十太夫　そう、取り引きじゃ。わしがおぬしの裏切りを知らせれば、おぬしはただちに殺される。おぬしはそんなことは望まぬであろう。そこで、おぬしの助かる道がひとつだけある。それはわしの言葉を受け入れることじゃ。

山田　おぬしの言葉を？

十太夫　そうじゃ。わしが黙っている代わりに、娘のお菊殿をわしにくれぬか。
山田　お菊を、おぬしに。
十太夫　そうじゃ。嫌か？　おぬしの命と引き替えに、お菊殿をわしによこす。どうだ。それともおぬし殺されたいのか。ここで死んでしまっては、おぬしの夢も水の泡ではないのか。
山田　しかし、お菊は四郎殿を好いている様子。
十太夫　かまわん。おぬしさえ承知すれば、わしはお菊殿を自分のものにしてみせる。
山田　おぬし、お菊を好いているのか。
十太夫　なぜ、そんなことを聞くのか。
山田　おぬしには何やら危険なにおいがあるからの。それにおぬし、近頃、城から人《ひと》質《じち》の女を連れ出したという噂ではないか。お菊を欲しいというのも、一時の興味で、遊ぶためではないのか。
十太夫　そんなことはない。生涯連れ添うつもりじゃ。それにいくらお菊殿が四郎を好いていたところで、四郎の嫁にはなれまい。四郎は大将であり、百姓どもにとっては天使様だ。そのうえ、奴らの命はないも同然。死人を慕っていたのでは、お菊殿がかわいそうではないか。四郎とお菊殿との間には、縁がないと、わかりきっているではないか。お菊殿をわしにくれ。わしが必ずしあわせにしてやる。それにおぬしの裏切りが知れれば、おぬしどころか、おぬしの家族だってただではすまされまい。

山田　おぬし、お菊を好いているなら、お菊に申し込まれたらよかろう。お菊が承知すれば、わしは許す。

十太夫　おぬしもわからぬ男じゃの。それができぬから、おぬしと取り引きしておるのじゃ。おぬしが一言承知すればよいのじゃ。そうすれば、わしは力尽くでもお菊殿をものにしてみせる。おぬしが承知しておれば、誰も手出しはできまい。

山田　わしに、娘を売れというのか！

十太夫　おぬし、そんなに興奮することはない。お菊殿のしあわせのためだ。これというのも、おぬしのまいた種。百姓・女子供、四万近い命を裏切ったおぬしだ。娘一人の命など、ものの数ではあるまい。そんなおぬしでも、自分の娘はやはりかわいいのかの。裏切り者なら裏切り者らしく、覚悟を決めたらどうだ。それとも白状して、家族ともども殺されるか。娘が惜しいか……己の命が惜しいか……二つに一つ。

が、まあ、今日はこのくらいで我慢しておこう。おぬしも思案することがあるだろうからの。今すぐ返事をとは言わぬ。考えておいてくれ。すべて物事は己の立場で考えなされよ。よい返事をお待ち申しておるぞ。それでは近いうちに、またの……。

《十太夫　退場》

薄暗い部屋で、右衛門作が一人、もの思いに耽る。

《しばらくして、お菊　登場》

お菊　お父様、何を考えておられます?
山田　おっ、お菊、今、帰ったのか。
お菊　明かりもつけずに……。
山田　もうそんな刻限になるのか。日の暮れるのは早いのう。
お菊　いやですわ、お父様。日の暮れるのも知らずに、考えごとをしているなんて。そんなに大切なご用なんですの。
山田　……（返事に窮する）
お菊　お母様やお兄様はどこへ行かれました?
山田　また剣のけいこやら食料の世話をやいているのであろう。
お菊　お母様も大変ですこと。
山田　仕方のないことじゃ、戦《いくさ》だからの。ところで、四郎殿は元気かの。
お菊　ええ、相変わらず勉学やらお話やら、それに忠兵衛様や源右衛門様のご相談相手などもなさって……。

山田　ご精が出るの。お前もご苦労じゃの。

お菊　いいえ、わたしなど何のお手伝いもできません。ただ四郎様たちのお話をおうかがいしているのですわ。すぐお食事の用意をいたします。

山田　お前は今のような生活に満足しておるのか？　このような生活が、いつまで続くのかの。いやいや、いつまで続けられることか……。

お菊　いいえ、わたしは決して満足などしておりません。でも、こんな苦しい生活をしているのは、わたしたちだけではありません。それを思えば、わたしたちの苦しみなど何でもありませんわ。きっと今に必ずしあわせな生活がおとずれてきますわ。

山田　お前、そんなことを……。四郎殿にふき込まれたのか。

お菊　なぜですの、お父様。なぜ、そんなふうにお聞きになるんですの。四郎様にお聞きしたのではありません。でも、四郎様にお聞きしなくても、苦しさをこらえている人たちを見ると、不平など言えませんわ。それは当たり前ですわ、お父様。わたしは苦しいことをつらいとは思いません。わたしたちの苦しみは、神様がご自身をわたしたちに知らせ、わたしたちを救うために、お与えくださっているのですわ。

山田　立派な覚悟だな。女のお前がそんな決意をしているとは……。

だが、お前の倍以上も世間を生きてきたわたしには、そんなに単純には人を信じることができないのだ。人間の裏の顔がどんなものか、お前は知ってはいない。人間というものに、裏と表があるということさえ、お前は知ってはいないだろう。

人間という動物は、口で言っていることと、腹で考えていることとは、まるっきり違うのだよ。人間を単純に信じてしまってはいけない。後で泣かされるだけだからね。

世の中というものは、人を信じた方が敗《ま》けるのだ。お前もそろそろ年頃で、近頃では、わたしも見違えるほど美しくなった。用心しないといけない……。

お菊　いやですわ、お父様。そんなお話……。

山田　そう、いやな話だ。わたしも、いやなのだ。だが、それが現実なのだ。

父として、娘のお前に、楽しく美しい話をしてやりたいのはやまやまだが、現実がそれを許さないのだ。現実は醜い。目につくのは争い、ねたみ、欲望、戦い戦いの明け暮れだ。それを楽しいもの、美しいものとして話したら、お前に嘘を言うことになる。

第二場　十太夫の部屋

十太夫とくめが向き合っている。

十太夫　お前は四郎を好いておるの。隠さんでもよい。知っておるぞ。が、残念ながら、四郎はお前を好いておらん。お前、くやしいとは思わぬか。お前も女なら、好きな男と一緒になりたいと思うであろう。

くめ　女にも真実《まこと》の心はありますわ。大切なものを願い、求めている心がありますわ。女も人間です。

十太夫　女も人間です……か。ところで人間とは何なのじゃ。人間とは化《ば》け物《もの》ではないのかの。人間は己が化け物であるとも知らずに、人間だと思っておる。なんともめでたいの。

くめ　化け物とはあなた様のことでございましょう。わたしにはあなたが人間とは思われませんん。魔物のようですわ。

十太夫　しかし、人間は誰でも魔物を持っておるのだ。魔物でありながら、魔物でないような顔をしている偽善者より、わしは正直な魔物じゃ。

くめ　そりゃ、人間は神様や天使様ではありません。人間の内には、たくさんの魔物が巣食っております。人間は、その魔物を恐れ、誘惑されないように、神様にお祈りするのですわ。ところが、あなたは魔物に誘惑され、魔物になりきっているのですわ。

十太夫　お前は四郎を好いているなら、その身体《からだ》を懸けて、思いを遂げるがよい。

くめ　そのために、一人の娘が不幸になっても。

十太夫　お前はお菊のことを言っているのか。心配いたすな。お菊はわしにまかせておけ。

くめ　いいえ、まかせておけません。

十太夫　どうせ男と女の関係など、長続きするものではない。どんなに好いた同士でも、お互いを知りつくしてしまえば、しまいには飽きてしまうものだ。心の

　中では、男も女も、いつも新しい相手の出現を待ち望んでいるのだ。
くめ　一揆のすべての人が、信仰のために戦っているのです。あなた一人、勝手な行いは許されません。
十太夫　しかし、いくら神様でも人間の欲望は束縛できん。
くめ　あなたの欲望は、この一揆に破綻の種を蒔きますわ。わたしはあなたを、わたし一人のもとに縛っておきますわ。
十太夫　犠牲になるというのか。百姓どものために。やめるがいい。わしを引き止めておくことはできんぞ。
くめ　あなたの悪行は必ず失敗します。己の手で墓穴《はかあな》を掘るようなものですわ。
十太夫　失敗するかしないか。まあ見ててもらおう。

第三場　本丸の前庭・夜

四郎と虚無僧ベルナルドが立っている。

四郎　この世に終わりというものがあるならば、わたしたちの血と汗で築き上げたものが無意味となってしまうように、わたしたちの命に死というものがあれば、わたしたちの生は無意味だ。身体《からだ》が四散してしまえば、魂は空《むな》しいものなのだろうか……。

ベルナルド　身体《からだ》を離れて、なお魂が闇の世界をさ迷っていなければならないのでしたら、こんなに恐ろしいことはありません。

四郎　問題は、人が今こうして生きているのに、死の恐怖がどこからか、すきま風のように忍び込んでくる、この現実なのです。死を恐怖するのは、わたしの身体《からだ》ではなく、わたしの内にあるこの魂なのだ。死ぬということは、本当に何もかもなくなることを意味するのだろうか……。しかし、どんなにきれいさっぱりなくなっても、〝虚無〟そのものがなくなるということはあるまい。むしろ魂は死にきれずに、身体《からだ》を離れた己の虚無を、見続けていなければならないかもしれないのだ。
空しい、淋しい、暗い虚無の穴を、のぞき込んでいたら、向こうからも、のぞき込んでいるものがいた。何か、もの問いたげに……。
お前には、そんな経験をしたことがないかい……。

ベルナルド　四郎様……それこそが、死神《しにがみ》の誘惑というものではないのでしょうか……。わたしたちは、わたしたちの心に巣くうこの虚無を、信仰で満たすことによって、神の愛にすべてをゆだねるのです。

《お園　登場》

お園　今宵は星がきれいじゃの。そこにおいでになるのは四郎様か。

四郎　これはお園殿。お散歩ですか、風流なことですね。

お園　なんの風流なものか。戦《いくさ》の庭じゃ。

四郎　これは失礼いたしました。

お園　ところで四郎様、百姓たちの士気を鼓舞し、力をひとつにするためにも、できるだけ話し相手になってやってくだされ。

四郎　それはわかっております。

お園　一揆には、なんといっても指導者が大切なのじゃ。百姓たちは四郎様を信頼しておる。四郎様によってひとつに結び付いておるのじゃ。信頼の強さは、そのまま戦の強さじゃ。

四郎　一揆の人々の気持ちもわからないわけではありませんが、しかし、わたしとしては迷惑しているのです。わたしには何の力もありません。わたしはただ一人の貧しい信徒にしかすぎません。それをイエス様のお使いのように、皆が崇《あが》めるのが、わたしには恐ろしいのです。わたしにはそのように信頼される値打ちなどありません。

お園　しかし、今は普段とは違う。戦なのじゃ。指導者は教祖様を兼ね備えなければならぬのじゃ。そうしなければ、一揆の力も、方向も、ひとつにまとまらぬのじゃ。

四郎　人間の世界は、お互いに身分を定め合い、闘争したり、嫉妬したり、陰口をささやき合っている。どんな世の中にしたら、あの夜空にまたたく星々のように、輝き合うことができるのだろう。

ベルナルド　しかし、それは世の中が変わっても、変われるものではないのかもしれない。わたしにはそれは世の中の歪みよりは、心の中に巣くっているもののような気がします。

お園　人間は己の世界が醜いために、星に憧れ、星の世界に美しい天国を夢見るのじゃ。

神様は自然と同じく、人間も正しく創られたが、人間はその掟を破ったのじゃ。だから今もなお、自分の醜い心を隠し合って、互いに争い合っている。人間はの、自分の心があまりに醜いので、自分でもよく見ようとはしないし、まして他人になど見せたがらぬのじゃ。そうして、醜いのをごまかして、神のように美しいなどと言って、得得《とくとく》としておるのじゃ。

人間を亡ぼすのは神でも、悪魔でもない。この傲慢な心なのじゃ。人間は己の傲慢に目を向けなかったなら、結局、自分で自分を亡ぼすことになるのじゃ。

第三幕

第一場　原城・出丸

狂女と農民たちが集まっている。

狂女　あれ、キリスト様じゃ。あそこにキリスト様がおる。笑っていらっしゃる。呼んでおられるのじゃ。わしには見えるぞ。はっきり見えるぞ。ああ、手招いておられる。キリスト様、もったいない。

農民1　おいはどこを見て、そんなこと言うとるのかの。わしには何も見えんがの。

狂女　あのクルスの上じゃ。わしらを助けに来られたのじゃ。ようく目を開けて、じっと見つめるのじゃ。見えるまで、見つめるのじゃ。見えぬ者は信仰が薄いのじゃ。キリスト様の見えぬ者は救われぬぞ。おお、キリスト様……わしのキリスト様……。

農民2　嘘じゃろう。キリスト様はどこにも笑ってなぞおられぬ。

狂女　この罰当《ばち》たりめ……。わしを馬鹿にするっとか。キリスト様をなんとこころえとるんじゃ。おいはキリスト様を笑い者にするっとか。

農民3　しかし、見えんもんは、見えんのじゃ。

狂女　見えんもんは目がないと同じじゃ。目をつぶされたんじゃ。キリスト様のお怒りに触れたんじゃ。

農民4　キリスト様が見えるなぞと叫んでおるのは、お前一人じゃなかか。

農民5　キリスト様ちゅうもんは、そうそう簡単に現れるもんじゃなか。

農民6　おいの気迷いじゃ。

農民7　顔でも洗ってきてはどうかの。

狂女　何をぬかす。お前らこそ間抜けなんじゃ。（観客に向かって）皆の衆、元気を出しなされ。キリスト様が助けに来てくれましたぞ。ほれ、笑っておられますぞ。手招いておられますぞ。

《狂女　退場》

《大江・山　登場》

大江　これ、どうしたのかの、あの女は。

農民8　はい、それが先日の戦で夫を亡くしまして、それ以来、どうも様子がおかしいのです。「キリスト様が見える、キリスト様が見える」と言い歩いております。

大江　それは不憫なことじゃの。かと言って、このまま放っておくわけにもいかぬし……。何とかしなければならぬが……弱ったの。何かよい考えはないかの。

山　気の狂っている者を野放しにしておいては、何かと問題が起こると思いますので、しばらく小屋に閉じ込めておいてはいかがでしょう？

大江　うん、そういたそうかの……。それにああいう者がおったのでは、百姓たちも気が散るであろうからの。士気にもよくない。忠兵衛殿とも相談して、早速、始末するといたそう。

《大江・山・農民たち　退場》

《金作・総兵衛　登場》

金作　不憫じゃのう。しかし、わしらが死んでも、気の狂うほど悲しんでくれる者はないわ。その点は、わしもお前も安心じゃの。わしらはいつでも死ねる。死にたい時に死ねるし、気の向いた時に死ねる。その気になれば、いつでも死ねるのじゃ。猟師という者は身軽なもんじゃ。しかしあんまり身軽なのも、さっぱりしすぎて、何やら淋しいの。張り合いがないからの。お前はそう思わんか。

総兵衛　嫁が欲しくなったのか。一人者に飽きたのか。お前らしくもない。猟師がそんな弱音を吐いちゃいかん。猟師の張り合いは獲物を仕留めることじゃ。腕が上達することじゃ。その他のものは何もいらん。何も考える必要もない。それにお前にはわしがついておるではないか。お前が死んだら、わしが悲しまないとでも思っているのか。それともお前は、わしの涙では不服なのか。

金作　そんなことはない。ただ、わしはふっと悲しくなったのだ。なぜだか知らぬが、人と人とが殺し合うことに、何の意味もないような気がするのじゃ。あるのは悲しみと後悔だけじゃ。わしは大勢の人間を殺した。その男たちが国へ残してきた女房や子供が、あの狂女のようになっているのではないかと考えると、わしはたまらんのじゃ。

総兵衛　そりゃ誰だって人を殺すのはよい気持ちではないし、悪いことだということぐらいは知っておる。しかし、わしらが相手を殺さなかったら、わしらが殺されてしまうのじゃ。お前、自分が殺されてよいなら、いつでも鉄砲を捨てるがよい。悪いということを知っていても、人を殺さなければならぬのが戦《いくさ》なのじゃ。

金作　しかし、それはお前の考えじゃろ。戦の掟というものを、わしだって知らないわけじゃない。だがその戦の掟というものが、お前には納得できても、わしには十分納得できんのじゃ。何かそのままのみ込めぬ。のどのあたりでつっかえておるのじゃ。

総兵衛　よいか、戦ではの、金作とか、総兵衛とか、一人一人の人間はなくなってしまうのじゃ。あるのは、松倉方とか、天草方とか言う、大勢の人間が寄り集まって作った戦の力だけなのじゃ。だから戦の問題は、わしやお前が相手を幾人殺したかというようなことじゃない。松倉側が勝つか、一揆側が勝つかということなんじゃ。

金作　わしは殺した相手のことよりも、自分が恐ろしいのじゃ。何十人もの人間を、平気で面白いように殺している。戦が終わって一人になった時、そんな自分を考えると、わしは何とも言えず恐ろしくなるのじゃ。そんなことをしておきながら、みんなは平気で神になど祈りを捧げている。いったいこんな罪業をかさねておきながら、人間は救われるというのだろうか。いや、救いなどを願っているのだろうか。それはあんまり虫がよすぎるというものだ。人を殺したことのない者には、わしの気持ちなどわからぬかもしれぬ。みんなは何を祈っているんだ。誰のことを祈っているんだ。よくもまあ、いけしゃあしゃあと、神になど祈れるものだ。わしは決して神になど祈れやしない。

金作がさっと鉄砲を客席に向けて構える。そして引き金を引く仕草をしながら、「ズトーン」と言う。

総兵衛　（金作の仕草を見て慌てた様子で）金作よ、味方を撃ってどうするんじゃ……お前も狂うたのか？（なだめるように、思わず金作を抱きしめる）

第二場　右衛門作の部屋

右衛門作に十太夫がせまっている。

十太夫　右衛門作殿、かねてよりのお話の件、どちらかに決めていただけましたか？今日は色よい御返事をいただきにまいったのだが、もう決心もおつきになったことでござろう。

山田　どんなに時をいただこうと、わたしにはどちらとも決められる問題ではございません。いや、時があればあるほど、かえって混乱し、考えれば考えるほど、心は迷い、決心がつきませせぬ。

十太夫　謀《はかりごと》というものは、そう簡単には運ばぬものでござる。思わぬところに障害ができるものでしてな。悪人をはびこらせぬために、運命の筋書もなかなかよくできているものでござるな。悪人が悪人から汁を吸う。おぬしの裏切りをわしが発見したからこそ、そのように余裕を持っておられるのじゃ。本来ならば、おぬしはとっくに殺されている。おぬしの計略を見逃してやるから、その代わりわしに分け前をくれ。つまり、おぬしの娘をわしに置いて行け。こう、わしは言っておるのじゃ。十分道理が通っていることだと思うのだがな。

山田　おぬしにとっては道理に適っているかもしれぬ。しかし、わたしにとっては道理も何もあるものか……。他人《ひと》の家をうかがい、隙あらば食物を盗んでいこうとするドロボウ猫め。

十太夫　ほほう……大分興奮されているようですな。しかし、おぬしが絵を描きたいという気持ちはわしにもわかる。おぬしは絵師じゃからの。だがそれほどまでに絵に執着しているおぬしが、なぜ娘のことなぞにかかずらっているのか、それがわしにはわからぬのじゃ。昔の絵師は、娘が焼け死んでも、その様子を絵に描いたというではないか。おぬしは娘がかわいいだけではないのか。絵が描きたいなどとは口実にすぎないのだ。それが絵師か……卑俗な人間にすぎないのだ。

山田　わたしにはありありと見えるのだ。わたしの神はわたしだけが知っており、わたしだけが創造することができるのだ。わたしはわたしの神に形を与え、色を塗る。わたしの神はそうされることを待っている。決して他人になど売り渡すことはできぬ。あれを完成するまでは、わたしは死んでも死にきれぬ……。

十太夫　百姓や武士のように、食物や金銭、地位や名誉を求めるのではないと言われるのか。しかし、おぬしだって絵師としての名誉や名声を求めているのではないのか。その執着ぶりはどう見ても純粋な行為とは言えぬ。およそこの世に純粋な行いなどありはせぬ。あるのは不純な欲望だけじゃ。

この世には二種類の人間がある。己が不純な欲望で生きていることを肯定する人間と、知らない振りをする人間だ。

だから欲望を脱しようなどと考えぬがいい。それは不可能なことだからだ。

おぬしは生きて、絵を描くべきだ。およばずながら、わしも助力をしよう。

山田　それもおぬしの欲望のためか。わたしをそのかし娘を得たいためか。

十太夫　そうだ、悪いことか。皆、欲望に操られているのだ。欲望同士というものは所詮反発し合うほかはないのだ。憎み合い、征服し合い、殺し合うほかはないのだ。

山田　だからわたしは気にくわんのだ。娘の相手がおぬしでなかったら、わたしは喜んで許すだろう。娘をやることが嫌なのではない。おぬしであることが、気にくわんのだ。

十太夫　これはまた嫌われたものだのう。

山田　人質の女をだましておきながら、そのうえまだ懲りずに、人の弱みにつけ込んで、娘をゆすり取ろうとする。そのやり方が、おぬしというものが、反吐《へど》の出るほど気にくわんのだ。まるで娘を地獄に落とすようなものだ。それならいっそわたしの手で、殺してやった方がよい……。

十太夫　物騒《ぶっそう》なことは考えぬがよい。おぬしにお菊殿を殺されたのでは、元も子もなくなるからの。おぬしの命は、わしが預かっているのだ。冗談はいいかげんにしてこの辺で考え直されてはどうかの。

（独白的に）どうも絵師などというものは話がしづらくて困る。何かに取り憑かれていて、実際、何をしでかすかわからぬからの。確かに普通の人間とはかけ離れている。たえず何かを夢見て、自分だけの世界に住んでいるようだ。こういう人間は商売の取り引きも、損得の勘定もできないのだから、相手にするのは、わしも苦手なのだ。

（右衛門作に）おぬしが承知すれば、二人が共に満足することができるのだ。ところが、おぬしがそれを拒めば、一切が消えてしまうのだぞ。夢も将来も、すべてが無《む》となるのだ。わしを気に入るとか気に入らんとかの問題ではない。おぬし自身を、生かすか殺すかの取り引きなのじゃ。もっと冷静に考えられてはどうかの。

山田　わかり申した。ではもう一日だけ考えさせてもらいたい。明日は必ず御返事いたそう。お菊ともよく相談して納得してもらおう。

十太夫　おう、それでこそ右衛門作殿じゃ。決心がついたと見えるな。おぬしはなかなか話のわかるお人じゃ。

山田　話のわかるお人かどうかは知らぬが、娘はわたしらの犠牲になるのだ。なんだか腕がもぎ取られるようだ。この先、たとえ生きのびても、こんな気持ちで絵など描くことができるのだろうか。わたしは自信がなくなってきた。

十太夫　右衛門作殿ともあろうお方が、気の弱いことを申されるな。一時の淋しさでござろう。父親ならばいずれは味わわねばならぬこと。それよりも、おぬしはおぬしの神を輝かせなければならぬのじゃ。それがおぬしの役目でござろう。

山田　いや、わたしは自分に疑問を感じるのじゃ。

十太夫　何を言っているのだ。今頃そのようなことを言っても、もう遅いのだ。おぬしは密告をしてしまったし、現にしているのだ。おぬしの身体《からだ》には逃《のが》れることのできない裏切り者の烙印が押されているのだ。裏切り者の南蛮絵師、それがおぬしの宿命なのだ。

第三場　本丸の前庭・月夜

四郎とお菊が静かにたたずむ。

お菊　四郎様、今朝ほどのあの狂われたという女の人は、どうなさいましたか？

四郎　忠兵衛殿や源右衛門殿が、どこかへかくまわれたということだが、心配することはありません。

お菊　かわいそうですね。

四郎　苦しみに耐えることができなかったのです。

お菊　大勢の人たちが、自分もいつあのようになるかわからないと言って恐れておりますわ。わたしも思いがけない苦しみにあったら、あのようになってしまうのでしょうか。もし、お父様かお母様があのようになったら……それは自分があのようになることよりも怖いことだわ。狂ってしまえば、もう何もわからず、怖いことなんかなくなってしまうんですもの。

四郎 そのようなことは考えぬがいい。そんなことに思い悩んでいたら、たちまち年をとってしまいますよ。

お菊 四郎様は薄情なのね……。

四郎 そうではないけれど……無駄なことはなるべく考えないことにしているのです。

お菊 わたしの心配は無駄なことでしょうか？

四郎 おそらく……。

お菊 でも、万が一ということもありますわ。

四郎 その時はその時です。わたしたちにはイエス様がついておられるのですから、何も怖いことなどありません。苦しいことや困ったことがあったら、イエス様にお祈りなさい。祈りを忘れた人間が、気を迷わせてしまうのです。

お菊 そうでしたわ。イエス様を信じてさえいれば、何も怖いものはないのですね。でも、わたしはわたしの身にどんな怖いことが起こっても、イエス様を信じ続けることができるでしょうか？

四郎　できなくて、どうするんです。

お菊　なんだか不安なのですわ……自分に……。

四郎　イエス様のために信仰を守り、この世の苦痛を耐えしのんだ者は、永遠の命を得ることができるのです。

お菊　イエス様はわたしたちを救いに来てくださるでしょうか。

四郎　イエス様には、どんなこともできないということはありません。あの海の波のうえでも、歩くことができるのです。

（どこからか尺八の音が聞こえる）

お菊　どこからか、尺八の音が聞こえてきますわ。

四郎　あれはベルナルド殿が吹いているのでしょう。

二人、しばらく尺八の音に聞き入る。尺八の音にまざって、遠く静かに潮騒の音も聞こえる。

月が中天に懸かって、晃晃《こうこう》と冴えている。

第四幕

第一場

皆吉長右衛門が舞台中央に一人で立っている。白髪、長い白髭をはやしている。長衣（マント）に身を包み、杖で身体《からだ》を支えている。
観客に向かって語り始める。

皆吉　皆の衆、神の国は近づいておりますぞ。キリストの降臨を信じてぬかずきなされ。己の信仰心を一時でも疑ったりしてはなりませんぞ。まだ信仰を持たない者は、今のうちにザンゲをなされ。身と心にうず高く積もった世の垢を、きれいに洗い流しなされ。

われらには、最早苦しみや悩みは用はないのじゃ。われらのこの世における苦しみや悩みは、キリストによってあがなわれたのじゃ。今われらにあるものは、許され、召され、そして愛される者の喜びだけじゃ。われらはすがすがしい気持ちで、神の国を受け入れなければならぬのじゃ。御国《みくに》の来たらんことを願わなければならぬのじゃ。皆の衆、一人の人間も欠けることなく、すべての者が神の国に入り、永遠の命を得《え》ることができるように祈ろうではないか。

死を恐れてはならぬ。死は恐れる必要のないものじゃ。死とはわれら自身が死ぬのではない。われらの内の罪が死ぬのじゃ。

人間に死があるということ。それは悲しみではなく、喜びなのじゃ。それはわれらの魂が罪の身体《からだ》から解放されて、永遠の命を得ることを意味しているのじゃ。われら信じる者にとって死は歓迎こそすれ、悲しむべきものではないのじゃ。だから皆の衆、十字架をしっかり胸に抱いて、離してはなりませんぞ。われらに代わって、十字架のキリストが死んでくださるのじゃ。われら一人一人の死のために、あわれな子羊の死のために、キリストはわれらに代わって死んでくださり、われらの罪をあがなってくださるのじゃ。神は常に、いつでも、どこでもわれらを見守り、愛していてくださるのじゃ。

われらはキリストの指し示す道を通ることによってのみ、神の国に入ることができるのじゃ。キリストは神の国に入るための門である。キリストも言っておられる。

〈私は羊の門である〉

キリストを潜《くぐ》り抜けることによってのみ、われらは永遠のしあわせと、安らぎを得ることができるのじゃ。

まことに、命に至る門は狭く、滅びに至る門は大きいのじゃ。滅びに至る門ならば、われらの周囲見わたす限り、至る所、あらゆる場所に開かれておる。しかし命に至る門はキリストただ一人なのじゃ。

皆の衆、決してこのことを忘れてはなりませんぞ。誘惑に陥《おちい》ってはなりませんぞ。そしてまたキリストを疑ってキリストに躓《つまず》かれることのないように……。
キリストも「われに躓かぬ者は幸いなり」と言うておられる。

第二場　右衛門作の部屋

右衛門作・倉八十太夫

十太夫　右衛門作殿、約束の返事を受け取りにまいった。お菊殿をくれるのであろうな。

山田　夕刻にお菊を天草丸まで使いに出す。その時に、自分のものにするがよい。

十太夫　心配いたすな。大切に可愛がってやる。おぬしの娘ではないか。

山田　わたしがおぬしの言葉を信用するとでも思うのか。おぬしの心の中が見えないとでも思っているのか。知っておるのじゃ。おぬしの心根《こころね》は。それを承知でおぬしに娘をやるのだ。今、わたしの犠牲になり、やがておぬしの犠牲になる。ただそれだけのことだ。これは別にとりたてて騒ぐほどのことではない。わたしらさえ、うまく事を運べば、万事うまく収まってしまうものだ。世間にはこんな話はざらにある。そうして世間の者たちは、こんなことはまるで当然のように、もっとうまく立ち回って、甘い汁を吸っているのだ……。

十太夫 おぬし、わしの言いたいことを言ってくれたの。これでおぬしもわしも意見が一致したというものだ。それに今は戦《いくさ》じゃ。誰もが飢えと恐怖で、お互いに食いかねない勢いで、目を血走らせておる。生きていくためには、相手を利用し食い倒さなければならぬ。

山田 そうして、おぬしはわたしを利用し、お菊をむさぼり食おうというのか。食えるだけ食って、満腹になれば、そのまま棄ててしまうのだ。そしてまだ血も乾かぬその牙で、新しい餌食《えじき》をさがすのだ。

十太夫 わしは一揆になど何の興味も持っておらん。敗《ま》けようが、勝とうが、キリストだろうと、密告者だろうと、何ものに対しても関心を持たないし、何ものも信じない。ただ己の力のみを信じている。右衛門作殿、今日からは、おぬしはわしの義父じゃ。娘の婿をそう悪《あ》し様《ざま》にけなすものではない。もっとこころよくおもてなしをしてくださってもよいのではないのか。

山田　よりによっておぬしが娘の婿とはの……。考えもしなかったことじゃ。
十太夫　不服かの、お義父上《ちちうえ》。
山田　やめてくれ。人をからかうのもいいかげんにするがよい。
十太夫　まあいい。お菊殿はどうせわしのものになるのだ。それさえ叶えば、わしとおぬしは何も関係《かかわり》はないのだ。おぬしに嫌われぬうちに——いや、わしとおぬしとは前から犬猿の仲だったの。
それというのも似ているところがありすぎるからではないのか。そういう関係はよくあるものだ。そしてこれが高じていくと、本当は自分に我慢がならなくなるのだが、その自分を相手に置き換えて、自分への憎悪を相手のうえに投げつけるのだ。すべての原因を相手の仕業に返そうとする。右衛門作殿、おぬしはそういうことはあるまいの。
山田　心配いたすな。約束は守る。しかし、おぬしこそ約束を破ることはあるまいの。
十太夫　わしは大丈夫だ。わしはわしのことにしか関心を持たぬと言うたではないか。おぬしのことを告げ口したとて、何の得になるというのか。お菊殿さえ手に入れば、もうそれでよいのだ。たとえ千両貰ったとて、お菊殿には替えられぬわ。

《十太夫　退場》

山田　どんな父親があんな者の手になど娘をやれるというのか。けだものめ……。いや、けだものだってあんなに残忍ではないだろう。それにけだものは空腹を満たすために食うのであって、残忍さなどない。ところが、あれは楽しむために空腹を満たすのだ。
このままではおられぬ。なんとかしなければ……。うん、そうだ、よい方法がある。十太夫め、見ておれよ。

右衛門作が机で手紙を書く。

山田　誰かおらぬか……。

農民　何かご用でございますか。

山田　（右衛門作、農民に手紙を渡す）すまぬが、これを四郎殿の所に届けてくれ。お菊からだと言ってな。

農民　かしこまりました。

第三場　城の裏手（崖淵）・夜

十太夫　右衛門作め、とうとう承知しおったが、本当に娘をよこすだろうか。あのたぬきのことだ、腹では何を考えているかわからぬ。わしをだますつもりではないだろうな。獲物をこの手でしとめるまでは油断はできぬぞ。宝を目の前にして、どんでん返しとはよくあることだからな。しかしそんなことになったら、わしがどんでん返ってでも、宝を手に入れてやるぞ。とにかく気を許すことは禁物《きんもつ》じゃ。何事も最後のしめくくりで、すべてのことは決まるのだ。喜ぶのはそれまでおあずけだ。

しかし右衛門作も随分と人をじらしおったわい。あんな絵師ごときに、下手《したて》に出て手こずったのも、それ相応の福があるからだ。

うん？　誰やら人が来る様子……。お菊殿か……。いよいよわが待ち人のおいでかな。こうして、夜の闇に紛れて、女を待つのもよいものだ。妖しく燃えさかる血を、闇の衣が隠してくれる。

十太夫、物陰に隠れる。

《お菊　登場》

十太夫　おっと、そこを行くのはお菊殿ではないか。今頃どこへおいでかな。そう急がずともよい。怪しい者ではござらぬ。わしじゃ、十太夫じゃ。こんな遅くに一人歩きとは、恋しい人の所へでもお忍びかな。なかなか隅に置けんの。忍ぶ恋路はなんとやら、というからの。

お菊　いいえ、そのようなことではありません。父のご用でまいります。

十太夫　まあ、そうお急ぎなさるな。父上のご用などとは口実であろう。わかっているのじゃ。顔にちゃんと描いてある。柄にもなく、わしはそういうことには、なかなか敏感での。お菊殿にはこれからお楽しみが待っておる。うらやましいことじゃのう。

お菊　それは十太夫様の思い過ごしです。わたしに不審がおありでしたら、お父様にお聞きください。

十太夫　そのお父上とわしとが、お菊殿を騙していたらどうかの。おっと、これはつい口がすべってしまったわい。わしとしたことが、余計なことを喋ってしまった。

お菊　なんですって⁉　十太夫様、何とおっしゃいました。

十太夫　いや、そう想像してみたまでのこと。なんでもない、お気になさるな。何の証拠もないことじゃ。馬鹿なことを申した。なにせ右衛門作殿とわしとは犬猿の仲じゃからの。

お菊　お父様が何かお約束でもしたのでしょうか。

十太夫　そう、約束でもしてくれたなら嬉しいというものじゃ。わしとお菊殿との仲をの。

お菊　わたしと十太夫様との仲を？（怪訝《けげん》そうに）

十太夫　そうじゃ。

お菊　それはどういうことですの。

十太夫　お菊殿もなかなかお人が悪い。それをわしの口から言わせたいのかな。聞かずともそれくらい察しがつくであろう。わしが以前からお菊殿を好いていることは、知っているはずだからの。ところがお菊殿は様子を窺うように、どういうものかわしを避けられる。わしが嫌いかの。

お菊　いいえ、そうではありません。十太夫様にはくめ様がおられます。くめ様がおありになるのに、他の女《ひと》を追い回すのは、正しいことではありませんわ。

十太夫　これはこれは説教でござるか。そんな説教は、他の男に効いても、わしには効きかねる。それにお菊殿も、いつまでも四郎殿なんぞに想いを寄せていないで、もういい加減に、わしの方に替えられてはどうかの。わしは四郎殿の数倍も、お菊殿を可愛がってあげるのだが。四郎殿はどうやらお菊殿よりもキリスト様の方にお熱を上げておられるようだ。女心もわからぬ、そんな男に想いをかけているよりも、いっそ、わしと一緒になった方が利口ではないのか。

お菊　何を言われるのです。急ぎますからおどきください。

十太夫　おっと、そうはいかない。ここでお菊殿をのがしたら、もう二度と機会はないからの。

お菊　何をなさるのです。人を呼びます。

十太夫　誰も来やしない。お菊殿、大人しくわしのものになるのだ。この日の来るのを、首を長くして待っていたぞ。右衛門作殿からも許しは得ているぞ。

お菊　なんですって！　お父様から……。

十太夫　そうよ。だから誰にも留め立てなどはできぬのだ。右衛門作殿には、人には言えぬたいへんな秘密があっての。その秘密を知っているのはわしだけだが、それを口外しないという約束として、お菊殿をわしが貰ったのじゃ。

お菊　まあ、なんということを……。

十太夫　恨むなら、お父上を恨んでくれ。人に揚げ足をとられるような、大悪事を働いたんだからな。

お菊　大悪事ですって。

十太夫　そう、わしも及ばぬような。父上はの、敵方に内通しておるのじゃ。自分が助かりたいばかりに、三万余の命を売り渡しているのだ。

お菊　まあ、そんなことを！　お父様が……わたしには考えられません。

十太夫　考えられなくても事実なのだ。だからこのとおりお菊殿はこうしてわしの腕の中にいるではないか。それがなによりの証拠だ。大人しく諦めて、わしのものになれ。それも父上のためじゃ。それにどのみち敗《ま》ける戦じゃ。お菊殿、こんな所で馬鹿な百姓たちと一緒になって死ぬことはない。世の中にはもっと楽しい生活がある。楽をして、美しいものを着て、うまいものを食べて、世の中は頭ひとつでどうにでもなる。死ぬにはまだ若すぎる。こんな若さで死んだら、それこそ罪というものだ。お菊殿、わしと一緒に逃げよう。

お菊　お父様がそんな大《だい》それたことを。わたしには信じられない。お父様が、事もあろうにお父様が……そんなことをなさるはずがない。嘘です……いいえ、嘘に違いない。

十太夫　嘘ではない。今さら嘘などついてどうなるものか。父上はの、お菊殿が可愛いばっかりに、こんな百姓たちと一緒に死なせたくないために、危ない橋を渡ったのじゃ。父上は、わしにお菊殿のことを頼まれた。父上との約束を果たすためにも、わしはお菊殿を無事にこの城から連れ出さなければならぬのじゃ。のっ、お菊殿、わしの言うことを聞いてくれ。城を逃げ出せば、やがて父上にも会えるのじゃ。わしのためではない。父上のために逃げてくれ。これも親孝行のためじゃ。

お菊　たとえお父様のお言い付けでも、一揆の人々を捨てて逃げ出すことはできません。十太夫様、お一人でお逃げください。たとえ親不孝者と言われても、お父様のお言い付けより、神のお言い付けに従います。

十太夫　ええい、わからず屋め……。これほど親切に言っているのに、わからぬとは。それでは仕方がない。お菊殿、腕ずくでもわしのものにしてみせる。恨むなよ、わしのしたくないことを、お菊殿が、わしに仕向けたのだ。

《四郎　登場》

四郎　待たれよ……わたしがお相手いたそう。

十太夫　うん、なにやつ！

四郎　わたしだ……四郎だ。

十太夫　なに、四郎……四郎殿がどうしてここへ。

四郎　十太夫殿こそ、このような所で女子《おなご》相手に何をなさろうとしているのか。

十太夫　ええい、言うな！　さては右衛門作め、さし出た真似をしたな。まあよい。四郎殿よい所へ来られた。いつかはおぬしと戦わなければならぬと思っていた。願ってもない機会だ。四郎殿、今日こそ決着をつけよう。

お菊　おやめください！　四郎様、わたしのためにそんな危ない真似は……。

十太夫　お菊殿、わしがお菊殿を命を懸けて好いているということを見せてやろう。四郎殿、おぬしもお菊殿を好いているなら、わしの剣を受けなければならないはずだ。

四郎　十太夫殿がお望みなら、わたしのためばかりではなく、神と正義のためにも。

十太夫　おもしろい。ほざいたな四郎。その細腕でわしが斬れるか。

第四場　決闘の場

四郎と十太夫、数度太刀を合わせる。
やがて四郎の太刀が十太夫を倒す。

お菊　四郎様、お怪我は？
四郎　…………。
お菊　まあ、血が！
四郎　血……わたしは……人を……殺してしまった。殺してしまったのだ……。
お菊　四郎様……四郎様……。

《四郎　退場》

《四郎を追いつつ、お菊　退場》

物陰より右衛門作が現れる。

山田　おぬしも因果な男じゃの。自《みずか》らまいた種じゃ。誰もお恨みなさるなよ……。

右衛門作、一人静かに合掌。

第五幕

第一場　本丸の一室

四郎、ベルナルド、皆吉老人が集まっている。

四郎　わたしは人を殺しました、この手で……。いくら悪人とは言え、神ならぬわたしに、人をさばき、殺すことなど許されているのでしょうか。いいえ、許されてはいません。わたしにははっきりわかっております。

ベルナルド　それでは四郎様は、悪をはびこるままにしておけと言われるのですか。やりたいことをさせておけ、と。まさかそうではありますまい。わたしは四郎様のなされたことは正しかったと思っています。

四郎　いいえ、そうではないのです。相手が悪人だからとか、正義のためだとか、自分の身を守るためだとか、それは理屈だと思うのです。わたしが人を殺したこと、これはぬぐい去ることのできない事実です。忘れようとしても忘れ去ることのできない、わたしの身体《からだ》に染み付いた事実なのです。

ベルナルド　それでは四郎様は殺されるべきだったと言われるのですか。相手が刀を抜いて斬りかかってきたのに。

四郎　殺された方がよかったかもしれない。そうすれば、このような罪悪感に苦しめられることはなかったであろう……。

皆吉　四郎殿、ザンゲをなされ、汚れた衣は脱ぎなされ。そうして神のご加護におすがりなされ。すべてを神の御心にゆだねるがよいのじゃ。お祈りなされ。神はかならず悩める者の祈りを聞き入れてくださるであろう。

四郎　祈っても、忘れることはできません。罪を消し去ることはできません。罪を犯しておいて、神に祈るなど、いったいそんな人間を神は本当に許してくれるのでしょうか。
いいえ、たとえ神がわたしを許してくれても、わたしはわたし自身を許せないのです。

皆吉　四郎殿、それでは犯した罪に、またひとつ罪を重ねることになるのではないのか。

四郎　なぜでしょう？

皆吉　四郎殿の気持ちもわかるが、犯した罪を己で負うことによって、その先どんな救いがあるのじゃ。罪に苦しむことはよい。しかし、その罪をわれらと共に背負ってくださろうとする神の手を、意固地に拒《こば》んではならんのじゃ。

四郎　しかし、どんな慰めも罪を犯してしまったという、この気持ちを消すことはできません。わたしの胸に大きな穴がぽっかりとあいてしまったのです。

皆吉　四郎殿は神の許しを拒んで、自分で自分に罰をくだそうとしておるのじゃ。

四郎　その他に何ができるのでしょう。わたしは神の掟を守らなかった。わたしは罪も、罪の恐ろしさも知らなかったのです。わたしは神を単純に信じていた。人間は美しく、救われるのは当然だと思っていたのです。しかし、今は違う。わたしは罰せられるべきです。そうでなければ、わたしは自分に耐えられません。

ベルナルド　四郎様、われらの身体《からだ》は神のものです。ご自分で罰せられなくても、神が罰してくださるでしょう。神の許しもなく、ご自分で罰することは、神に背《そむ》くことになるのです。

皆吉　己の身を神に預けなさい。すべてを神に任せなさい。わしらの誰もが、四郎殿を罰することができないように、四郎殿もご自分を罰することはできないはずじゃ。
四郎殿、神に対する人間の罪の償《つぐな》いは、神から逃げ、己の内に閉じ籠もることではない。祈ることじゃ、キリスト様に祈ることじゃ。四郎殿が祈れないならば、わしらが祈ろうではないか……。

第二場　右衛門作の部屋

右衛門作とお菊が向き合う。

お菊　お父様、十太夫様が言われたことは本当なのですか？
山田　十太夫が何か言ったのか？
お菊　言われました、とても恐ろしいことを……。
山田　何を言ったのか知らぬが、あのような不埒者《ふらちもの》の言ったことなど気にすることはない。
お菊　そうでしょうか、お父様。……そう信じてよいなら、わたしはどんなにか助かります。
山田　お前がそんなに驚くとは、いったい何を言ったのだ？
お菊　身に覚えのないことをお聞きになったら、お父様の方がもっと驚きなさいますわ。

山田 言ってみるがよい。わたしには何も驚くことはない。心配せずに言うがよい。

お菊 お父様にお聞きするのが恐ろしかったのです。でも、何だか勇気が出ました。これはうやむやにしておいてはいけない。事の次第をはっきりとたださなければいけないことなのです。

山田 お前はあんな騙《かた》り者の言葉と、父親の言葉と、どちらを信じるのだ。

お菊 お父様、十太夫様はお父様が敵方と密通している。それを知られたので、その口封じのために、わたしを差し出したのだと、そのように言われたのです。

山田 なに、そのようなことまで言ったのか！　うむ、十太夫め……ただでは死ななかったな。

お菊 それでは、十太夫様の言われたことはやはり本当だったのですね⁉　お父様はなんということを！

山田 それというのも、お前たちの身を案じてのことじゃ。

お菊 でも、そのために一揆の人々を裏切るなどと！　あまりに恐ろしいことです。

山田　しかし、そうしなければわたしらの救われる道はないのだ。

お菊　いいえ、お父様、キリスト様におすがりする以外、いったいどこにわたしたちの救いの道があるのでしょう。神様から逃げ、どこにわたしたちの平安の場所があるのでしょう。

山田　お前から、そのようなことを言われるとは思わなかった。お前たちをしあわせにしようと思ってしたことだ。それにわたしは十太夫の手に、お前を渡しはしなかった。

お菊　それでは、四郎様があの場においでになったのは……。

山田　お前を救い、そのうえ、四郎殿を試すにはよい機会ではないか。

お菊　卑怯ですわ！　お父様。それでは四郎様がかわいそうです。

山田　何がかわいそうなのじゃ。

お菊　そうとは知らずに、四郎様は人を殺してしまったのです。お父様は何とも思わないのですか？　四郎様が殺さなくてもよい人を、お父様のために殺してしまったのです。

山田　いや、そうではない。四郎殿は自分のために殺したのだ。

お菊　いいえ、違います。十太夫様を殺したかったのはお父様です。お父様は、四郎様を利用したのですわ。

山田　それもあるかもしれぬ。しかし、十太夫を殺したのは四郎殿の刃《やいば》だ。そして、あの刃には、十太夫への憎悪よりも、お前への愛情の方が、一層大きくこめられていたかもしれぬのだ。十太夫を殺したものは、お前への愛情かもしれぬのだ。お前は願わなかったのか？　四郎殿の刃が、十太夫を倒してくれるように。お前を救ってくれるように。

お菊　ああ、恐ろしい……恐ろしいことです。（泣きくずれる）

第三場　本丸の前庭

益田甚兵衛、芦塚忠兵衛、大江源右衛門、山善左衛門、山田右衛門作、ベルナルド、天草四郎が言い争っている。

芦塚　右衛門作、血迷うなよ。
益田　同志を裏切った者がどうなるか、知っておるであろうな。
大江　おぬし、どれだけ大きな罪を犯したか、自分で心得ておるのか。
山　戦《いくさ》の酷《むご》さに心が狂ったとみえるな。
山田　あいにくとわたしはどこも狂ってはおらん。狂っているのはおぬしらの方であろう。
芦塚　ほう、相変わらず減らず口をたたくの。しかし、おぬしがいくらそのような強がりを言っても、どのみち袋のねずみじゃ。しっぽはつかまえておる。わしらの意のままに、どうにでもなる。

山田　おぬしらは自ら好んで袋の中に入り込んだのだ。どこにも抜け道のない袋の中にの。それも自分たちばかりでは足りず、大勢の百姓、女子供まで引き連れての。わたしなどよりもおぬしらの方がよほど罪深い。

芦塚　いいや、わしらには道がある。救いの道が残されている。決して袋のねずみではない。わしらはやみくもに追いつめられた者のあがきで立ち上がったのではない。わしらの行いは正しいという確信のもとに立ち上がったのだ。

山田　しかし、死んでは何にもならぬ。

益田　わしらは命がけで戦ってきたのだ。わしらにとっては、身を危険にさらす以外、生きていく道はないのだ。

大江　おぬしは一揆の者を裏切り、神を裏切って、罪を感じないのか。

山田　わたしは自分の中で「生きよ」とうながす言葉に従ったまでだ。生きようとする気持ちは当然のものであり、正しいものだと思ったから、それに従ったまでだ。
山　わしらがどんなにあがいても、わしらの力だけでは〈死〉を乗り越えることはできん。
山田　〈死〉はすべてのものの終わりなのだ。死の向こうには何もない。ただそれだけのことだ。何もありはしないのだ。何も起こりはしないのだ。
芦塚　それは絵師の目だ。おぬしの中の絵師の目が、そのように仕向けるのだ。
山田　わたしはわたしのこの目に、見え、映るものしか信じることはできない。神は不確《ふたし》かな幻《まぼろし》だ。しかし、わたしの絵は確かなものとしてそこにある。
益田　しかし、おぬしがどんなに立派な絵を描いても、それをひとたび火にくべれば、たちまち跡形もなくかき消えてしまうものではないか。
山田　いいや、おぬしらのように初めから何もないものに命を懸けているよりはましだ。

慌《あわ》ただしく農民が駆け込んでくる。

農民1　申し上げます！　お菊様が海へ身を投げられました。
山田　何！　お菊が⁉
芦塚　お菊殿が、なぜ……。
益田　罪を感じられたのだな。
山田　罪……罪とは？　お菊が何をしたのだ！
大江　右衛門作、おぬしの密告を知らせてくれたのはお菊殿なのじゃ。
山田　お菊が……。
大江　そうじゃ、だから……。
山田　だから……だから、身を投げたというのか！
大江　そうとしか考えられん。
山田　嘘だ！　お菊が身投げなどするはずがない。おぬしらが……おぬしらが殺したのであろう。そうだ、おぬしらが殺したに違いない。
山　わしらにはお菊殿を殺す謂《いわ》れがない。裏切ったのはおぬしなのだからな。

山田　違う！　お菊が自分から死ぬはずがない。おぬしらは、自分たちの利益のために、人を利用しておいて、いらなくなれば殺してしまうのだ。大勢の百姓たちも、おぬしらの言葉にのせられて、無駄に命をおとすのだ。

芦塚　わしらは皆、最初の志のとおり、戦いに殉じたと思っておる。わしらは一人の脱落者もなく、神の御許《みもと》にまいると信じておる。

山田　四郎殿、四郎殿はどんな気持ちでいられるのか。本当に勝利を感じていられるのか。喜びに満ち、来世の確信に満ちていられるのか。

芦塚　四郎殿も例外ではない。

山田　わたしは四郎殿に聞いておるのだ。

四郎　…………（沈黙）

山田　黙っておるな、四郎殿。何も答えられぬのか。

舞台背後より敵方の鬨《とき》の声、叫び声、続いて一人の農民がとび込んでくる。

農民2　敵襲でございます！　二の丸が破られました。
芦塚　しまった！　油断をして兵を引きあげさせたのがまずかった。
益田　各々方《おのおのがた》、覚悟をなされよ。
大江　最早、これまでか。
芦塚　各々方、これが最後かもしれぬ。では持ち場につかれよ。
山　右衛門作、さらばじゃ。（思いを残しつつ去って行く）

右衛門作・四郎・ベルナルドを残してそれぞれに散っていく。
城（背景）がメラメラと炎を上げて燃え始める。

山田　（狂ったように）燃える……燃える……燃えるがいいのだ、みんな燃えろ……。
燃えてしまえ……。（空ろな笑い）
燃えろ……燃えろ……何もかも……。
燃えつきてしまえ……。（高笑い）

四郎は身動きもせずに佇んでいる。その四郎に、ベルナルドも片膝をついて、じっと控えている。

ひときわ高く、喚声が聞こえる。

幕

参考図書

『海鳴りの底から』　堀田善衛　朝日新聞社
『島原の乱』　助野健太郎　東出版
『天草四郎』　海老沢有道　人物往来社

著者プロフィール
成澤 昭徳（なりさわ あきのり）
昭和17年　川崎市生まれ
昭和38年　詩集『処女』思潮社刊
昭和45年　詩集『神秘』青土社刊
平成元年　小説『供犠』勁草出版サービスセンター刊
平成９年　小説『暗い館』信山社刊
平成14年　詩集『座標系』私家版
平成30年　小説『飛鳥《アスカ》伝説』文芸社刊

戯曲　背教者

2020年９月15日　初版第１刷発行

著　者　成澤 昭徳
発行者　瓜谷 綱延
発行所　株式会社文芸社
〒160-0022　東京都新宿区新宿1－10－1
電話　03-5369-3060（代表）
03-5369-2299（販売）

印刷所　株式会社フクイン

ISBN978-4-286-21884-7